Rattenbutler

Danielle Weidig

Impressum

Rattenbutler

Copyright:

Danielle Weidig, Weisskirchener Straße 52, 61440 Oberursel,

Juli 2013, Version 2, Stand September 2019

Titelgestaltung: Danielle Weidig unter Verwendung eines Fotos von © LiliGraphie – Fotolia.com

Vektorgraphien von: Clker-Free-Vector-Images, OpenClipart-Vectors, BedexpStock, mohamed_hassan, jeweils auf pixabay

ISBN: 978-3-7494-8404-1

Bibliografische Information der Deutschen Nationalbibliothek: Die Deutsche Nationalbibliothek verzeichnet diese Publikation in der Deutschen Nationalbibliografie; detaillierte bibliografische Daten sind im Internet über http://dnb.dnb.de abrufbar.

Herstellung und Verlag: BoD – Books on Demand, Norderstedt

Die Menschen

urteilen

im allgemeinen

mehr auf Grund ihrer Augen

als ihres Gefühls;

denn die Gabe

zu sehen

hat jeder,

aber

zu fühlen

nur wenige.

(Niccoló Machiavelli)

Kapitel I

———————————————

7:20 Uhr

»Die Mäuschen sind tot«, schluchzt Charleen, den Kopf so tief gesenkt, dass ihre Haare, blond wie Zuckermais, ins Porridge ihrer himbeerrosaroten Frühstücksschüssel schlecken.

Maike Silbersteins Blick trifft die Küchenuhr, oval wie ein perfektes Ei, Farbe sirenenrot. Mit raschen Händen setzt sie fliederblaue Kunststoffschalen auf den Tisch. »Was für Mäuse?«

»Die Mäuschen vom Dachboden«, wimmert Charleen.

»Welcher Dachboden?«

»Unserer, Mami.«

»Unser Hochhaus hat gar keinen Dachboden.«

»Doch, hat Jowawan gesagt«, widerspricht Charleen und schluckt Hafermilch.

»Ein Kind aus der Kita?« Eilig schüttet Maike Cornflakes in die blauen Schalen und gießt Tüten-Orangensaft darüber.

Der Uhrzeiger springt auf

7:21 Uhr

Wild schüttelt Charleen den Kopf und milchgetunkte Hafer-flocken fliegen aus ihren Haarspitzen an die matschgrün ge-tünchte Küchenwand. »Nein, die Butler-Ratte, kurz bevor ich aufgewacht bin.«

Maike streicht über Charleens Wange. Rau fühlen sich ihre Hände an und sie sieht ihre Fingernägel eingerissen. »Du hast bloß schlecht geträumt, nichts weiter.«

»Ich muss dir etwas erzählen, Mami. Die Butler-Ratte …«

Maike rollt die Augen und ihr Arm beschreibt eine hilflose Geste. »Jetzt nicht, Schätzchen, heute Abend.«

Charleens Faust knallt auf den Tisch. Eine gläserne Milch-flasche, schutzlos nah an der Tischkante platziert, taumelt.

»Bitte, hör auf«, fordert Maike mit Blick zur Uhr, sie zeigt

7:22 Uhr

»Du erinnerst mich an deinen Vater, wenn du das tust.« Sie atmet dreimal tief durch. *Das war unfair*, weiß sie genau. »Iss bitte auf. Ich sehe nach den Zwillingen.«

Charleen schiebt ihre Schüssel von sich. »Mag nicht mehr.«

Maike schlägt die Lider zur Decke und reißt Lockenwickler aus ihren orangeblond kolorierten Haaren.

Charleen zieht ihre Knie bis unter die Tischplatte. Dann noch ein Stückchen höher.

Maike hört lautes Rufen aus dem Bad und dreht sich kurz zum Flur.

Glasklirren.

»Was?« Maike fährt herum und blickt in trotzgefärbte, abendmeerblaue Kinderaugen.

Aschgraue Küchenfliesen sind mit durchsichtigen Scherben übersät, ihre Kanten glitzern im Kunstlicht, Milch breitet sich unförmig aus und ähnelt bloßgelegten Nervensträngen.

7:23 Uhr

»Darüber reden wir auch heute Abend«, droht Maike ohne Zorn. Mit nervösen Handbesenstrichen kehrt sie Scherben, wischt dann mit fahrigen Kreisen Milchnerven ins Putztuch.

Schräg hockt Charleen auf dem Stuhl, Oberkörper vornübergebeugt, als trüge sie einen Mehlsack auf ihrem Rücken.

Maike hastet durch den Korridor und klopft an die Badezimmertür, die dringend einen frischen Anstrich benötigt. »Beeilung«, ruft sie. »Wir müssen bald los.«

»Gleich«, ertönt es zweistimmig hinter der Tür.

»Sofort«, fordert Maike.

7:25 Uhr

Samuel und Leon stürmen aus dem Bad, rotblonde Locken nicht ganz getrocknet. Seite an Seite stolpern sie zur Küche.

»Hunger«, verkünden sie einmütig. »Morgen, Charly.«

Mit pinkrotem Kinderlöffel erschlägt Charleen einen wehrlosen Plastikbären, gestern Abend auf dem Tisch vergessen.

7:40 Uhr

Maike parkt aus.

Samuel schrickt auf der Rückbank neben seinem Bruder auf.

»Hab' vergessen, meine Mathe-Hausaufgaben einzupacken.«

»Zu spät«, urteilt Maike und fixiert den Rückspiegel.

»Dr. Liebhardt wird keineswegs begeistert sein«, konstatiert Leon.

Wird sicher mal Professor, denkt Maike. »Sammy wird die Aufgaben morgen nachreichen«, bestimmt sie und legt den ersten Gang ein. »Ihr müsst lernen, euch zu disziplinieren. Ich kann mich nicht um alles kümmern. Charly, schnall dich an.«

In die rechte Rückbankecke des alten Golfs gedrückt, gehorcht ihre Tochter, als habe jemand zehn Cent in einen Charleen-Automaten geworfen. Die Zwillinge kabbeln sich, bis Maike sie vor der Grundschule absetzt.

»Ihr nehmt heute den Bus zurück, ich habe einen langen Tag vor mir«, verfügt sie.

Samuel und Leon nicken, wie so oft, synchron.

»Kein Problem, Mami. Geld für die Fahrkarten?« Leon streckt eine Hand aus.

Maikes Augen schießen zur Auto-Uhr:

7:48 Uhr

Fast gewaltsam zerrt sie ihre Geldbörse aus der abgewetzten Handtasche, reißt den Verschluss auf und zählt Fahrgeld ab.

»Kein Extra für den Kiosk? Obwohl wir mit dem Bus fahren müssen?«, motzt Samuel.

»Diesen Monat nicht, Schätzchen«, nuschelt Maike und weist zur Tür. »Jetzt raus mit euch. Wer hat die Schlüssel?«

Mit weltgewandtem Grinsen zieht Leon die Türöffner aus der Hosentasche. »Bis heute Abend, Mami. Tschüss, Charly.«

Krachend fällt die Autotür ins Schloss.

Maike gibt Gas.

7:55 Uhr

Mit Schwung parkt Maike den Golf vor der Kita und sieht Gitta, Charleens Lieblings-Erzieherin, vor der Tür stehen und rauchen. *Verdammt schlechtes Beispiel für die Kids.*

»Schaffst du die paar Schritte zu Gitta alleine?«, bittet Maike und fühlt, wie Ungeduld ihre Augen blinzeln lässt.

Charleen rührt sich nicht.

Maike stößt die Fahrertür auf und steigt aus. »Na schön, aber pronto.« Sie öffnet die Hintertür. »Na, komm.«

Wie in der Zeitlupen-Frequenz eines Block Busters bückt sich Charleen zu ihrem Kita-Koffer. Beim Öffnen der silbrigen Schnallen ertönt ein leiser *Puff.*

Kurz ballt Maike Fäuste. *Was soll das jetzt wieder?*

Mit eckigen Gesten entnimmt Charleen einen Apfel sowie eine Saftflasche und legt sie ordentlich zwischen ihre Füße. »Brauche ich nicht mehr«, verkündet sie mit erschreckend soldatischer Miene. Ihre linke Augenbraue zuckt.

»Was für ein Unsinn«, schimpft Maike. Als tobte ein Orkan über ihrer Stadt Offenteich, krümmt sie ihren Rücken und wirft Apfel und Saft in den Koffer zurück. Nun klappen seine Schnallen metallisch. »Bitte, komm jetzt raus.«

Charleen blickt an ihr vorbei zu Gitta, wie sie mit wiegendem Schritt auf den Golf zusteuert.

Ohne Zigarette, geht doch.

Die Erzieherin lacht ihr schönstes Gitta-Lächeln, es zaubert Grübchen in ihre Wangen und einen unglaublichen Glanz in ihre opalgrünen Augen. »Na, möchte Charleen heute nicht zu uns?«, fragt sie und tätschelt die linke Wange des Mädchens.

7:57 Uhr

»Ich komme zu spät«, klagt Maike. »Eine Villa in Sachsenhausen. Ich verdiene fast das Doppelte wie normal, wenn ich es schaffe, sie bis morgen Abend kliniksauber zu putzen. Schlüsselübergabe in einer Viertelstunde.«

Ihre Finger fahren zum Mund, doch bevor sie an einem Nagel beißen kann, flieht die Hand zur Hüfte.

Gitta lächelt Charleen an. »Ich freue mich schon so sehr auf unseren Tag. Sanam und Julian warten auch schon auf dich.«

Charleens Finger öffnen sich wie zu einem Fächer und schließen sich dann zum Stein. Schließlich greift sie ihren Koffer und krabbelt aus dem Auto.

Maike fühlt Erleichterung, Schuldgefühle und Unruhe. »Bis heute Abend, Schätzchen.« Flüchtig küsst sie Charleens Wange. »Nicola holt dich nachher ab.«

Gitta nimmt Charleen bei der Hand.

———————————

Kurz vor der Kita-Tür dreht sich Charleen um und blickt dem flitzenden Golf ihrer Mutter nach.

»Nein«, wispert sie.

»Wie bitte?«, fragt Gitta. *Was ist nur heute mit ihr los? Sie kommt doch ansonsten immer gerne in die Kita.*

»Nicola wird mich nicht abholen«, flüstert Charleen.

Gitta geht in die Hocke und fasst sie bei den Schultern. »Aber sicher. Eure Nachbarin holt dich immer ab, wenn deine Mami arbeiten muss.«

Charleen starrt zum Himmel, graublau mit Schäfchenwolken. Eine rundliche Frau mit überdimensionalem Strohhut schiebt einen bauchigen Kinderwagen, aus ihm plärrt ein unsichtbares Baby. Kreischende Reifen eines scharf abbremsenden Ford Fiesta bewahren einen schwarzen Kater vor einem Schicksal als Asphaltkadaver.

»Niemand kommt, wenn er tot ist«, wispert Charleen.

Gitta richtet sich auf und ihre Hände fahren über Charleens Oberarme. »Was redest du? Ist Nicola krank?«

Sehr langsam, als müsste sie über die Frage nachdenken, oder wunderte sich über die Einfalt der Erwachsenen, schüttelt Charleen ihren Kopf.

10:35 Uhr

»Eine hübsche Sonne, die du da zeichnest, Onur«, lobt Gitta. »Schön hell und leuchtend.« Sie schreitet die vier runden Tische des Gruppenraums ab, an ihnen sitzen je fünf bis sechs Kinder. Lächelnd beugt sie sich zu Charleen. »Was malst du?«

»Tote Mäuschen«, antwortet sie gedehnt.

»Warum sind die Mäuse denn tot?«, erkundigt sich Traudl, die zweite Erzieherin.

»Sie durften nicht ins Freie«, murmelt Charleen.

»Das ist aber keine schöne Geschichte«, urteilt Gitta. »Hast du schlecht geträumt?«

Charleen schmeißt ihre Malstifte zu Boden.

»Bitte, heb das auf«, verlangt Traudl.

»Muss Pipi.« Charleen springt vom Stuhl und rennt in den Gang. Donnerlaut schließt sich die Toilettentür.

»Was hat sie denn heute?«, wundert sich Traudl.

»Charly ist doof«, bekundet Nejla.

»Sagt man nicht«, rügt Gitta und zieht Traudl mit sich in den Flur. »Charleen war heute Morgen schon so seltsam. Ich werde mit Maike reden.« Sie rollt ihre Augen. »Wenn die Gute mal Zeit hat.«

»Ist nicht einfach für sie«, beschwichtigt Traudl. »Fein, dass sie Robert, diesen Nichtsnutz von Ehemann, endlich los ist, aber alleine für drei Kinder zu sorgen, das ist kein Zuckerschlecken. Soweit ich weiß, zahlt ihr Ex keinen Cent.«

Gitta rümpft die Nase. »Von was auch?« f

Die Toilettentür schiebt sich auf.

»'Tschuldigung«, nuschelt Charleen.

»Schon gut«, versichert Traudl. »Heb' die Stifte auf und mal' dein Bild fertig.« Sie schlendert in den Gruppenraum zurück.

»Heute Mittag gibt's Nudeln mit Tomatensoße«, lockt Gitta. »Freust du dich?«

Charleen nickt, *wenig überzeugend*, dann legt sie ihren Kopf schief. »Gitta, muss dir was erzählen.«

»Heute Nachmittag, ja? Da haben wir mehr Ruhe.«

Charleen senkt den Kopf. »Dann ist es zu spät«, murmelt sie.

Gitta gibt nach. »Schön, was ist so wichtig?«

Nejla schiebt sich an ihnen vorbei zur Toilette.

»Die Butler-Ratte …«, beginnt Charleen.

»Iih, eine Ratte?«

»Keine normale.«

»Doch nicht etwa bei euch zuhause?«

»Ja. Nein. Sie spricht mit mir. Nachts.«

Hinter der Toilettentür rauscht Wasser.

»Im Traum?«, fragt Gitta.

Charleen stampft mit dem Fuß auf. »Nein, kein Traum.«

Die Toilettentür wird aufgestoßen.

»Wasser lässt sich nicht abstellen«, berichtet Nejla heiter.

Gitta sieht, wie die Ränder des Waschbeckens bereits überflutet werden und versucht, den Hahn zu schließen. »Traudl, dreh' den Haupthahn zu«, schreit sie.

Binnen Kurzem stoppt das Wasser.

»Ich ruf' den Klempner. Ohne Wasser sind wir aufgeschmissen. Erzähl' mir die Geschichte von der Ratte später, Liebes.«

Schultern hochgezogen zockelt Charleen davon und klettert auf ihren Stuhl, die Malstifte auf der Erde ignorierend.

13:55 Uhr

»Charleen hat sehr unruhig geschlafen«, berichtet Traudl, während sie Becher und Teller in die Spülmaschine stapelt. »Sarah und Aygül sagen, sie habe im Schlaf gesprochen.«

»Fertig.« Der Klempner schiebt sich in den Türrahmen und hält ein Stück Papier in die Luft. »War nur das Gewinde.«

»Danke.« Gitta nimmt den Zettel, greift einen Kugelschreiber aus einem Wandregal und unterschreibt. »Vor allem, dass Sie so schnell gekommen sind.«

»Macht das Sanitär 'ne Pause, rufe flugs die Firma Krause.«

»Ihr Firmenmotto?«, fragt Gitta grinsend.

»Nee, ist von mir. Kommt aber immer gut.«

»Glaube ich. Nochmals vielen Dank.«

»Märchenstunde, Oma Lindström ist da«, ruft Traudl.

Vielstimmiges »Oh ja, oh ja« fliegt durch den Gruppenraum.

»Breitet Decken und Kissen auf dem Boden aus, jeder sucht sich einen Platz«, empfiehlt Gitta.

Charleen kommt aus der Toilette, setzt sich in die linke Ecke auf das kahle Laminat und drückt ihren Rücken an die Wand.

Traudl sieht zu ihr. »Nimm dir etwas vom Kissenberg, ich möchte nicht, dass du dich erkältest«, bittet sie.

Wie eine Marionette steht Charleen auf, greift wahllos ein kirschrotes Herzkissen und wirft es in die Ecke, als wollte sie es bestrafen. Dann plumpst sie auf das Herz. Blass ist ihr Gesicht und zartes Lila untermalt schattengleich ihre Augen.

Traudl manövriert einen ockergelben Sessel ins Zimmer. Magda Lindström folgt ihr im dunkelblau geblümten Baumwollkleid, sein Kragen ist mit reinweißer Spitze besetzt. Falten zieren Magdas Gesicht, doch wirkt sie nicht alt, eher weise. Umständlich nimmt sie auf dem Sessel Platz und zieht aus ihrer koffergroßen Tasche ein in Leinen geschlagenes Buch.

»Guten Tag, Kinder«, grüßt sie.

»Guten Tag, Oma Lindström«, schallt es zurück.

»Wollt ihr eine Geschichte hören?«

Jedes Mal, einmal pro Woche, beginnt Magda ihre Vorleserunde auf die gleiche Weise.

»Ja, ha«, rufen die Kinder.

Charleen rutscht vom Kissen, zieht es auf ihren Bauch und umklammert es wie einen tröstenden Teddy.

Traudl runzelt die Stirn.

»Sehr schön«, antwortet Magda, wie immer. »Heute habe ich euch eine Sage mitgebracht, die einst von den Gebrüdern Grimm aufgegriffen wurde. *Der Rattenfänger von Hameln.*«

Nach einem heiteren Blick in die Kinderrunde schlägt sie ihr Buch auf und beginnt mit feierlicher Stimme zu lesen.

Charleen sackt zur Seite.

14:52 Uhr

Magda starrt auf Charleen, die auf der Couch im Erzieherzimmer gerade zu sich kommt.

Gitta sitzt mit dem Telefon in der Hand neben dem Mädchen. »Wie geht es dir?«

»Mir war schwindlig«, antwortet Charleen vage und ihre Lider flattern.

»Kannst du aufstehen?«

»Will nicht.«

»Bitte, mir zuliebe. Ich muss entscheiden, ob ich einen Arzt rufen sollte.«

Charleen winkelt ihre Beine an, rutscht von der Couch und stakst mit erst unsicheren, dann kräftigen Schritten im Kreis.

»Wir haben die Märchenstunde auf morgen vertagt«, verrät Magda. »Du wirst also nichts versäumen.«

»*Der Rattenfänger von Hameln* ist ohnehin nicht für ihr Alter geeignet«, moniert Gitta sanft.

Magda zuckt mit den Schultern. »Gut, lesen wir morgen Schneeweißchen und Rosenrot. Doch fast alle Sagen und Märchen haben einen grausamen Kern.«

Leise beginnt Charleen zu weinen. Behutsam streicht Magda über ihren Kopf. »Aber, aber. Du wirst dir doch ein Märchen nicht so zu Herzen nehmen«, flüstert sie.

Charleen schlägt ihre Lider hoch.

Magda erschrickt. *Noch nie habe ich derart verstörte Augen bei einer Fünfjährigen gesehen*, fegt durch ihren Kopf. Sachte nimmt sie Charleens Gesicht in beide Hände. »Ist etwas passiert? Mir kannst du es sagen, ich kann dir bestimmt helfen.«

Bäuchlings wirft sich Charleen auf die Couch und malträtiert mit Fäusten das Polster. »Die Butler-Ratte sagt, uns bleibt kaum Zeit, aber niemand hört mir zu.«

Gitta zieht ein wohl ehrlich betroffenes Gesicht. »Tut mir leid«, gesteht sie knirschend. »Charleen wollte mir heute Morgen unbedingt von einer Ratte erzählen, doch dann ging der Wasserhahn kaputt, die Post kam, der Kantinenservice …«

»Ich habe Zeit«, unterbricht Magda, »alle Zeit der Welt.«

»Danke.« Gitta seufzt. »Ich gehe zu den anderen Kindern. Wenn irgendetwas sein sollte …«

»Ich habe drei Jungs und zwei Mädchen großgezogen und kümmere mich um sieben Enkel. Da lernt man, Magenverstimmungen von Blinddarmdurchbrüchen zu unterscheiden, ebenso wie Alpträume von Tagfantasien.«

Gitta schmunzelt. »Trotzdem haben Sie nach dem Tod Ihres Mannes Ihren Mädchennamen angenommen. Warum?«

Magda rollt ihre Achseln. »Ach, Trotzreaktion, Erbstreitigkeiten, mit einem Teil der Familie habe ich seither keinen Kontakt mehr.« Sie ächzt. »Mein Albert weiß, wie oft ich an ihn denke, egal welchen Namen ich trage.«

Gitta senkt verstehend den Kopf und verlässt mit einem Lächeln an Charleen den Raum.

»Heiße Schokolade?«, ködert Magda.

»Erst am Nachmittag«, formuliert Charleen die Kita-Regeln.

»Papperlapapp«, entscheidet Magda. »Ich brauche jetzt eine Schokolade und möchte sie nicht alleine trinken.«

15:10 Uhr

Mit einem Becher Kakao kauert Charleen in der Couchecke.

»Erzähle«, ermuntert Magda.

Charleen nippt an ihrem Becher. »Die Butler-Ratte hat gestern Nacht gesagt, dass alle Mäuschen tot sind«, wispert sie.

Magda nickt, als hörte sie das Normalste von der Welt.

Charleen blinzelt ihr zu.

Magda lächelt ermutigend.

Charleens Schultern sacken. »Die Mäuschen haben auf dem Dachboden gelebt. Doch Mami sagt, wir haben gar keinen. Wir wohnen in einem hohen Haus.«

Erneut nickt Magda.

»Ich habe manchmal mit ihnen gespielt, nachts. Sie haben komische Namen.«

»Welche denn?«

Charleen überlegt. »Komme nicht drauf«, murmelt sie.

Magda wiegt ihren Kopf. »Hat denn die Butler-Ratte einen Namen?«

»Oh ja, einen schweren«, erwidert Charleen und grinst verhalten. »Ich habe lange gebraucht, um ihn mir zu merken.«

»Nun?«

»Jowawan.«

Magda nickt wieder. Charleen nimmt einen Schluck Kakao.

»Was habt ihr denn gespielt?«, hakt Magda nach.

»Och, nachlaufen. Verstecken. Auf dem Dachboden sind so viele Dinge, hinter denen man sich verbergen kann.«

»Zum Beispiel?«

»Truhen«, berichtet Charleen. »Und eine Puppe, groß wie Mami, ihr Kleid reicht bis zum Boden, sie trägt einen Hut, fast wie ein Wagenrad! Ach ja, und einen Schal, wie aus tausend Federn. Aber sie hat kein richtiges Gesicht.«

»Eine Schneiderpuppe sicherlich.«

Charleen starrt Magda an.

»Tja, früher haben betuchte Leute ihre Kleidung nicht fix und fertig gekauft, sondern beim Schneider nähen lassen. Manche besaßen Puppen, die exakt ihre Figur nachbildeten, damit der Schneider die Kleider formgenau anpassen konnte.«

»Betuchten?«, plappert Charleen nach.

»Leute mit genügend Geld«, erklärt Magda.

»Ah.«

»Was gibt es noch auf dem Dachboden?«

»Einen wundertollen Kasten, aus hellem Holz, aus ihm wächst ein Trichter, ganz silbern, wie eine riesige Blüte.«

»Hm.« Magda stutzt und lässt die Tasse, die sie gerade zum Mund führen will, sinken.

»Man kann damit Musik machen, sagt die Butler-Ratte.«

»Oh, ein Grammofon«, erkennt Magda. »Erinnerst du dich an noch etwas?«

»Ein Fell. Von einem echten Bären. Hat mir anfangs mächtig Angst gemacht.«

Vor Magdas Augen huscht ein rascher, heller Blitz. »Warum, Charleen?«

»Sein Kopf ist noch dran und er hat ganz viele Zähne im Maul. Aber«, sie kichert, »die Mäuschen sagen, er kann mir nichts tun. Weil …«

Jetzt kullern Tränen über ihr Gesicht.

»… er tot ist«, schließt sie.

»Du bist traurig, weil der Bär tot ist?«, fragt Magda.

»Nein.« Charleen schluchzt auf. »Die Mäuschen.«

Magda streichelt über Charleens kakaofreie Hand. »Was ist mit den Mäuschen geschehen, Liebes?«

»Sie durften nicht ins Freie«, jammert sie. »Waren eingesperrt, auf dem Dachboden, als der schlummernde Tod kam.«

»Schlummernder Tod?«, hakt Magda nach. »Was meinst du?« *Kindergartenkinder sollten nichts vom Tod wissen. Aber ja doch, Charleens Onkel Patrick ist letztes Jahr gestorben, vielleicht trauert sie.*

»Weiß nicht«, wimmert Charleen und wischt Rotz von ihrer Nase in die Hände.

Magda stellt Charleens Kakao auf den Kiefernholztisch, holt ein Taschentuch aus ihrer Kleidertasche, reibt über Charleens Finger und hält dann ihre Hände ganz fest.

»Die Butler-Ratte meint, der Ofen war schuld.« Vor und zurück kreisen Charleens Schultern.

»Kleines, ich wünschte, du würdest dich beruhigen.«

»Möchte ja, kann aber nicht.«

»Morgen sieht alles ganz anders aus«, tröstet Magda.

Charleens Finger krampfen in Magdas Händen. »Morgen sind alle tot. Wie die Mäuschen.«

»Trink noch einen Schluck.« Magda reicht Charleen den Kakao zurück. Sie schnappt den Becher und wirft ihn zu Boden. Weiße Keramikscherben lugen aus dunkler Schoko-Lache.

Gitta stürzt in den Raum. »Charleen! Das geht jetzt wirklich zu weit.«

»Ich kümmere mich, kümmere mich«, haspelt Magda.

»Frau Lindström, danke, dass Sie sich um Charleen sorgen, aber ich muss …«

Charleen stiert auf die Scherben. »Die Mäuschen haben auch Kakao getrunken, bevor sie starben«, wispert sie.

»Jetzt ist es aber …«, setzt Gitta an.

»Die Butler-Ratte kam zu spät«, kreischt Charleen. »Nur ein Mäuschen lebte noch. Sie hat es mitgenommen. Alle anderen …«

Gitta öffnet den Mund.

Magda fröstelt, als würden Schneidergeister mit feinsten Nadeln ein kompliziertes Schnittmuster in ihre Haut stechen.

Charleen rattert im Stakkato, wie ferngesteuert: »Ludwig und Wolfi. Gerda. Immi. Gesine. Hedwig.« Sie stockt. »Fritz. Oskar. Alle tot.«

Magda fühlt ihr Gesicht, ihre Hände im Wechsel von Millisekunden glutheiß, dann frostkalt werden und ihr Magen gluckert, als habe sie zu viel Brause getrunken.

»Charleen«, beginnt Gitta erneut.

»Seien Sie ruhig, verdammt«, brüllt Magda.

Gitta erstarrt. »Aber, aber, Frau Lindström.«

»Halten Sie die Klappe.«

Charleen betrachtet ihre Finger.

15:32 Uhr

Magda hält ihre Hände wie zum Gebet, ihr Blick streift über Tisch, Couch, Wand, Decke und richtet sich dann fest auf Charleen. »Sollst du uns noch etwas von der Butler-Ratte ausrichten?«

Charleen streicht sich über den Kopf, als müsste sie dringend ihre Haare glätten. »Heute Nachmittag wird es wieder passieren. Der schlummernde Tod wird sehr wütend sein. Wie Papi früher. Er wird explodieren. Auf dem Dachboden. Reißt das ganze Haus mit sich. Unser Haus.«

»Wo – wohnst – du?«, fragt Magda und in ihren Ohren übertönt ihr Herzklopfen fast ihre Stimme.

»Ich heiße Charleen Silberstein und wohne im Zimmerweg 145«, leiert das Mädchen.

Magda schluckt ein Gebirge. »Welche Etage?«

»Dritte«, gibt Charleen zurück.

»In dieser Höhe könnte der Dachboden gewesen sein«, krächzt Magda. Ihr Blick hetzt von Gitta zu Charleen, sie greift in ihre Haare und reißt Strähnen aus ihrem grauweißen Dutt, sie schmiegen sich an ihre schweißfeuchten Wangen.

»Was soll das?«, fragt Gitta barsch. »Was ist hier los?«

Magda streckt, abwehrend und entschuldigend zugleich, eine Hand in ihre Richtung. »Nicht *Jowawan*«, sagt sie und würgt. »Jonathan. Jonathan, der Butler der Pfeiffers.« Sie schlingt Atem. »Mein Retter.«

Gitta zieht einen Stuhl zu sich und stützt ihre Unterarme auf seine Rückenlehne. »Ich verstehe überhaupt nichts.«

Magda schürzt die Lippen und sieht zu Charleen. »Wann?«

Charleen blickt schweigend zurück.

»Wie viel Zeit bleibt uns?«, drängelt Magda.

»Weiß nicht. Nicht viel. Heute Nachmittag, sag' ich doch.«

Magda ballt ihre rechte Hand. »Wir müssen das Hochhaus evakuieren. Jetzt gleich.«

Gitta stöhnt. »Sind Sie jetzt vollkommen durchgedreht?«

»Das Telefon«, herrscht Magda sie an. »Sofort!«

»Das ist komplett verrückt«, klagt Peter Lindström. »Es wird mich meinen Job kosten.«

»Klingt hanebüchen«, gibt Siegfried Lindström zu und schlägt seinem Sohn auf den Rücken, als habe er eben heftig gehustet. »Magda klang schrecklich aufgeregt, aber durch und durch vernünftig. Sie hat noch nie Unsinn gefaselt.«

»Ich weiß, du hältst deine Kusine immer hoch, klar, ihr seid wie Geschwister aufgewachsen, aber das hier ist schon eine ziemliche Nummer.« Gequält blickt er seinen Vater an, doch hebt das Megafon von Neuem vor den Mund: »Hier spricht die Polizei. Räumen Sie unverzüglich Gebäude und Gelände. Beeilen Sie sich, nehmen Sie nur das Nötigste mit.«

Vor den umliegenden Häusern erschallen ähnliche Aufrufe. Polizisten stürmen die Häuser und begleiten Menschen auf die Straße. Ambulanzwagen fahren mit Sirenengebrüll vor.

»Wohin?«, schreit ein Fahrer.

»Gehunfähige in der 145, der 147 und 143«, schreit Peter zurück, lässt dann das Megafon sinken und stöhnt auf. »Gut, dass mein Boss heute Urlaub hat. So kriege ich meine Kündigung erst morgen. Ich habe diesen Einsatz vollkommen eigenmächtig ausgerufen, ohne jegliche Beweise.«

»Du bist doch die Nummer zwei auf der Wache«, tröstet Siegfried. »Wenn Magda recht behält, wirst du morgen nicht gefeuert, sondern befördert. Außerdem, müsst ihr nicht jedem Hinweis nachgehen?«

»Aber nicht jedem Hirngespinst.« Erneut setzt er das Megafon an. »Bewahren Sie Ruhe, bitte einer nach dem anderen.«

»Hast du schon jemandem von Magda erzählt? Was ist, wenn wir einen anonymen Anruf erfinden?«, schlägt Siegfried vor. »Dagegen kann dein Boss doch nichts einwenden.«

»Alle Notrufe werden aufgezeichnet«, erklärt Peter schnaufend. »Vorschrift.«

»Dann halt ein anonymer Brief.«

»Der bitte wo ist, wenn jemand fragt?«

Siegfried grinst. »So ein Stück Papier kann leicht verlorengehen.«

Erneut lässt Peter den Verstärker sinken, diesmal langsamer. »Nicht, dass ich möchte, dass hier gleich ein Unglück passiert. Aber weißt du, was uns ein Fehlalarm kostet?«

Siegfried stellt sich ganz dicht vor ihn. »So ungefähr, mein Sohn. Aber wie viel kostet ein Menschenleben?«

17:27 Uhr

Eine Explosion im dritten Stock lässt das Hochhaus im Zimmerweg 145 erzittern wie ein betagtes Puppenhaus. Geborstene Fensterscheiben prasseln als funkelnder Glasregen zu Boden. Ein Zischen wie aus dem Maul eines Ungeheuers erschüttert die Luft.

17:32 Uhr

Der Mittelteil bröckelt, als wäre das Haus aus hochfeinem Biskuit. Zentnerschwere Gebäudebrocken lösen sich, fallen in die Tiefe und erinnern an gigantische Mahnmale. Rauchschwaden überziehen das Gebäude wie Millionen zu dicht gewobene kohleschwarze Spinnweben.

17:37 Uhr

Das Haus kollabiert wie dünn gebackener Ton. Inmitten von schwarzem Rauch und braunweißem Mörtelnebel erhebt sich ein monströser Berg aus Bauschutt und Einrichtungstrümmern gleich einem gigantischen Friedhofshügel.

Dann schweigt die Welt um Zimmerweg 145.

12. April 2013

Offenteicher Tageblatt

Explosion im Zimmerweg

Eine defekte Gasleitung brachte gestern ein Hochhaus im Zimmerweg 145 zum Einsturz. Durch einen anonymen Brief alarmiert, handelte die Polizei unverzüglich und umsichtig, sodass das Unglück lediglich Leichtverletzte forderte. Umliegende Häuser erlitten kleinere bis mittlere Schäden.

Die meisten Bewohner wurden fürs Erste in der Turnhalle des St. Christopher Gymnasiums untergebracht. Etwa zwanzig Personen müssen im hiesigen Stadtkrankenhaus betreut werden.

Ein Spendenkonto wurde eingerichtet. Kontodaten finden Sie auf unserer Internetseite.

Kapitel II

———————————

28. Oktober 1947

Offenteicher Landbote

Grausamer Fund im Zimmerweg

Am Nachmittag des 27. Oktobers 1947 erschütterte eine Detonation die Stille der westlichen Villengegend. Von besorgten Nachbarn gerufen, verschaffte sich die Polizei Zutritt zum Zimmerweg 145, wo sich ihnen ein entsetzliches Bild bot.

Im Wohnzimmer der herrschaftlichen Villa wurden die Hausbesitzer, Eheleute Hans (57 Jahre) und Elfriede (55) Pfeiffer, tot aufgefunden. Offenkundig hatte Hans Pfeiffer mittels einer Schusswaffe erst dem Leben seiner Gattin und dann seinem eigenen ein Ende gesetzt.

Im Obergeschoss stieß die Polizei auf einen explodierten Gasofen, der wohl die Ursache für die Detonation sowie die zerstörten Fensterscheiben war.

Das Schlimmste stand den Beamten jedoch noch bevor. Vom Ofen führte ein Schlauch unter einer Tür direkt in das Dachgeschoss. Dort fand die Polizei sieben meist grundschulpflichtige Kinder, allesamt offenbar durch Gaseinwirkung ums Leben gekommen.

Noch ist unklar, wie die bedauernswerten Kinder in die Villa der kinderlosen Eheleute Pfeiffer gelangt waren. Die polizeiliche Untersuchung läuft auf Hochtouren.

30. Oktober 1947

Offenteicher Landbote

Neue Erkenntnisse im Pfeiffer-Fall

Offenbar handelt es sich im sogenannten Pfeiffer-Fall, der neben dem gewaltsamen Tod der Eheleute Pfeiffer sieben unschuldige Kinder ihr Leben kostete, um Kidnapping.

Die Polizei entdeckte Aufzeichnungen, die zweifelsfrei belegen, daß die Eheleute systematisch Kinder entführten. Elfriede Pfeiffer führte akribisch Buch über Namen, Geburtsdatum, Ankunft, Gesundheit sowie geistige und körperliche Entwicklung der Kinder. Ihre Beweggründe sind unklar. Auch ist ungeklärt, warum die Aufzeichnungen neun Entführte erwähnen, obwohl „nur" sieben auf dem Dachboden gefunden wurden. Bislang gibt es keine Hinweise auf die Identität der Kinder.

Ihre Namen werden nun landesweit veröffentlicht. Die Bevölkerung wird um Mithilfe gebeten:

Gesine Böhm, geboren 17. August 1938, Ankunft im Hause der Pfeiffers 12. März 1945

Gerda Franke, geboren 3. Dezember 1939, Ankunft 4. September 1945

„Immi", Geburtsdatum unbekannt, Ankunft 05. Februar 1946

Oskar Lohse, geboren 1942, Ankunft 17. April 1946

Ludwig Herrmann, geboren 1940, Ankunft 28. Mai 1946

Wolfgang Vogt, geboren 13.03.1939, Ankunft 16. August 1946

Hedwig Brandt, geboren 13. Juli 1941, Ankunft 29. November 1946

Fritz Kowalski, Geburtsdatum unbekannt, Ankunft 7. Dezember 1946

Magdalena Wolff, geboren März 1943, Ankunft 30. Januar 1947

Sachdienliche Hinweise nimmt das Offenteicher Polizeipräsidium, jede Polizeidienststelle und die Redaktion des Offenteicher Landboten entgegen.

1. November 1947

Offenteicher Landbote

Samstagsausgabe

Keine Ruhe im Pfeiffer-Fall: Neuer grausiger Fund

Polizeihunde spürten die Leiche eines etwa fünfjährigen Jungen auf, der im weitläufigen Garten der Pfeifferschen Villa begraben worden war. Anhand eines Medaillons, das der Junge um den Hals trug und dessen Inschrift *Oskar* lautet, geht die Polizei davon aus, die sterblichen Überreste von Oskar Lohse gefunden zu haben. Die Obduktion ergab keinerlei Anzeichen von Gewalt, offenbar starb der kleine Oskar vor schätzungsweise zwei Wochen eines natürlichen Todes. Somit hat sich die Zahl der toten Kinder auf acht erhöht. Die Suche nach dem neunten Kind verlief bislang erfolglos.

 Ton-Mitschnitt der polizeilichen
Aussage von Ruth Franke
am 3. November 1947

Hüsteln. »Frau Franke, sind Sie ganz sicher, dass es sich bei der Toten um Ihre Tochter Gerda handelt, geboren am 3. Dezember 1939?«

Schluchzen. »Kein Zweifel, Herr Wachtmeister. Det is meine kleine Gerda. Wie oft hab ich gebetet, Gott möge sie mir zurückbringen. Kinder gehn im Krieg, und danach, schon mal verloren, aber sie mal so zu sehn …«

Räuspern. »Mein aufrichtiges Beileid, Frau Franke. Würden Sie uns, fürs Protokoll, erläutern, wie Ihre Tochter, ähm, abhanden kam?«

Ächzen. »September 45, wir warn unterwegs, endlich heim. Die hatten mich und meine drei Kinder aufs Land geschickt, zu 'nem Onkel meines Mannes, damit wir in Sicherheit wärn. Warn wir aber nicht, da war der Teufel los.«

Krächzen. »Möchten Sie ein Glas Wasser?«

Stöhnen. »Wir warn aufm Bahnhof, Frankfurt. Alles ging kreuz und quer, Züge fuhrn nur manchmal, warn grässlich überfüllt, wir mussten warten, warten. Dann wollte die Inge, meine Kleinste, damals erst drei, aufs Klo. Ja, da wollte der Rudi, mein mittlerer, natürlich auch, is so in dem Alter. Klar nahm ich die Gerda mit, aber die Klos warn überlaufen. Also wartete Gerda, war doch schon fast sechs Jahre, direkt neben den Klos, bei unserm Gepäck.«

Rascheln.

Husten. »Vielleicht doch ein Glas Wasser?«

»Als wir endlich dran kamen, warn bestimmt zehn Minuten, ach 'ne glatte Viertelstunde rum. Solange wir noch vor den Klos in der Schlange standen, hab ich immer wieder zu der Gerda hingeguckt und gewinkt. Die Inge, die hat auch gewinkt. Die hat ihre Schwester so geliebt. Und der Rudi erst.«

Schluchzen.

Räuspern. »Eine Tasse Kaffee?«

»Ich konnte sie vielleicht fünf Minuten nicht sehen, die Gerda, fünf Minuten, das muss man sich mal vorstellen. Als ich dann mit der Inge und dem Rudi zurückkam, war die Gerda einfach weg, verschwunden. Das Gepäck stand noch da, aber von der Gerda keine Spur. Ich hab Leute gefragt, doch keiner hatte was gesehen. War ja auch ein fürchterliches Gewusel auf dem Bahnhof. Ich hab' alles abgesucht, mich an die Polizei gewandt, bin noch 'ne Woche in Frankfurt geblieben, in so 'nem schäbigen Hotel, wir hatten ja kaum Geld. Aber nichts, nichts, nichts.«

Grunzen. »Offenteich liegt neben Frankfurt.«

Weinen. »Ich weiß. Als ich Gerdas Namen in der Zeitung las, das Geburtsdatum – in diesem Augenblick wusste ich – aber ich hab's trotzdem gehofft, sie ist es nicht, ist es nicht, mein kleines Mädchen, mein armes kleines Mädchen.«

Wimmern. »Mein Gerda-Kind!«

7. November 1947

Offenteicher Landbote

Pfeiffer-Fall: Weitere Kinder identifiziert

Neuer Tatverdächtiger

Nach Oskar Lohse konnten nun drei weitere Kinder identifiziert werden. Es handelt sich um den achtjährigen Wolfgang Vogt, die fast achtjährige Gerda Franke und die vierjährige Irmgard Henkel.

Wolfgang Vogt und Gerda Franke wurden vom Frankfurter Hauptbahnhof entführt, Irmgard Henkel im Alter von knapp drei Jahren in einem Dorf nahe Offenteich geraubt, als sie vor einer Metzgerei mit Murmeln spielte, während ihre Mutter einkaufte.

Eheleute Pfeiffer lebten gemäß Aussagen der Nachbarn äußerst zurückgezogen. Sogar ihre Einkäufe ließen sie in der Regel von ihrem Hausdiener tätigen, von dem jedoch seit der verabscheuungswürdigen Tat am 27. Oktober jede Spur fehlt. Niemand kennt den Nachnamen oder den Wohnort jenes Mannes, den alle nur »Jonathan« nannten. Er wird als freundlich, aber zurückhaltend beschrieben und gilt als taubstumm. In der Pfeifferschen Villa konnte die Polizei keinerlei Hinweise auf den Hausdiener sicherstellen.

Auch die Zugehfrau, M. Schmidtke, konnte keine weiteren Angaben machen. Sie sagte aus, daß ihr vor etwa drei Jahren untersagt worden war, den Dachboden, auf dem die Kinder tot aufgefunden worden waren, zu reinigen.

Auf der Suche nach »Jonathan« bittet die Polizei erneut um die Mithilfe der Bevölkerung.

Kapitel III

44

A D O P T I O N S B E S C H E I N I G U N G

Hiermit wird bestätigt, daß

Hinrich   L i n d s t r ö m, geboren am
04.06.1907 in 6000 Frankfurt, wohnhaft in der
Erlenstraße 37, seit 1937 Pfarrer in der
Christusgemeinde in 6307 Offenteich

und

Karoline   L i n d s t r ö m, geb. Carstensen
am 17.06.1909 in 2000 Hamburg, seit 16.08.1935
verheiratet mit Hinrich Lindström

die Waise

Magdalena   N a u j o k s, geboren 15.03.1943
in 2000 Hamburg als Kind von Curt Naujoks, geboren 29.04.1908, verschollen seit 1945, und
Helene Naujoks, geb. Carstensen am 11.10.1911
in 2000 Hamburg, verstorben im Juli 1943
r e c h t s k r ä f t i g   a d o p t i e r t
h a b e n.

Offenteich, den 16.03.1948

Stadtverwaltung / Standesamt

gez. Simon Richter

Kopie dieses Schreibens an die Stadt Hamburg zwecks Eintrages in die Abstammungsurkunde: 16.03.1948

Anruf aus Hamburg: Akte nebst Geburtsurkunde von Magdalena Naujoks ging in den Kriegswirren verloren. 09.08.1948

gez. S. Richter

Kapitel IV

Mai 1984

Meine geliebte Magda,

wenn Du diese Zeilen liest, bin ich in einem hoffentlich friedlichen Himmel angekommen. Oft habe ich versucht, Dir die Wahrheit zu beichten, aber es nicht geschafft, aus Angst, Du könntest mich nicht mehr lieben. So wähle ich den einfachen, feigen Weg: Ich verfasse einen Brief, für den ich mich nicht mehr verantworten muss, schreibe den schwersten Satz meines Lebens: Du bist nicht das Kind meiner Schwester Lene und ihrem Mann Curt.

Wir ließen Dich glauben, Du seist meine Nichte, da es so am einfachsten war. Meine Eltern, meine kleine Schwester kamen bei den Bombenangriffen auf Hamburg ums Leben, Curt kehrte nie aus dem Krieg zurück, es gab keine Zeugen.

Am Abend des 27. Oktobers 1947, ich weiß es noch wie heute, klopfte es an der Tür unseres Pfarrhauses. Ich öffnete und vor mir stand ein hagerer, hochgewachsener Mann. Er trug ein Bündel in Armen, in einer Decke, sah sich nach allen Seiten um und kam dann ungefragt herein. Im Korridor blieb er stehen und blickte mich nur an. Da sah ich erst, wie Tränen aus seinen Augen liefen, nein, stürzten. Behutsam schlug er einen Deckenzipfel zur Seite, ja und da sah ich zum ersten Mal Dein liebes Gesicht. Du sahst aus, als wenn Du schliefest.

Ich fragte, was er wollte, doch er schüttelte den Kopf. In diesem Moment kam mein Hinrich die Treppe herab.

Auch er fragte ihn und erntete Kopfschütteln. Dann brach ein Laut aus dem Mann, geradezu unheimlich.

Hinrich stürzte ins Arbeitszimmer, kam mit Block und Bleistift zurück. *Sie können nicht sprechen?*, schrieb er.

Der Mann schüttelte wieder den Kopf, sah auf Dich und weinte noch heftiger. Wir brachten euch ins Wohnzimmer, ich bettete Dich aufs Sofa und der Mann streckte die Hand nach dem Block aus. Er schrieb, daß er weder reden noch hören könne und gekommen war, weil ein unaussprechliches Verbrechen begangen wurde, Kinder waren gezwungen worden, Kohlenmonoxid einzuatmen.

Hinrich riss den Block an sich und notierte: *Wo? Wie viele?*

Der Mann schrieb: *Egal. Alle tot. Nur Magdalena hat überlebt.* Da wies er auf Dich. In diesem Moment hustetest Du. Ich riss alle Fenster auf, um möglichst viel Sauerstoff ins Zimmer zu lassen, holte einen kalten Lappen und rieb Dein Gesicht ab. Du sahst aus wie ein Engel, so wunderschön.

Sicher?, schrieb Hinrich.

Bin Kriegsarzt, notierte der Mann, *100 % sicher. Mausetot.*

Dann weinte er wieder.

Magdalenas Eltern?, schrieb Hinrich.

Er kritzelte: *Unbekannt. Von wo ich Magdalena herbrachte, sammelte man Kinder wie herrenlose Hunde. Sie* hat niemanden auf der Welt. Ich kann sie nicht mitnehmen. Darf ich sie bei Ihnen lassen? Sie ist ein liebes Mädchen.

Wer hat dieses Verbrechen begangen?, notierte Hinrich.

Der Mann schrieb: *Egal. Die Mörder haben sich erschossen. Hatten es mit der Angst bekommen, nachdem ein Kind über Nacht gestorben war. Fürchteten, daß alles rauskommt.*

Der Kinderraub?, fragte Hinrich.

Auch, schrieb der Mann, *aber vor allem, daß sie als Bruder und Schwester wie Mann und Frau zusammenlebten.*

Hinrich fragte, wie lange sie schon Kinder stahlen.

Der Mann notierte: *2 1/2 Jahre.*

Da wurde Hinrich wütend, beschuldigte den Mann, nicht zur Polizei gegangen zu sein.

Der Mann sank in sich, als hätte ihn eine Granate erwischt. Wieder kam so ein furchtbarer Ton aus seinem Mund.

Schließlich schrieb er: *Ich weiß. Habe für die Schweine gearbeitet. Konnte mit meinem Kriegshandicap keine andere Anstellung finden. Habe lange gesucht. Muss vier Kinder ernähren, alleine, nach dem Tod meiner Margarethe. Eines behindert. Geld reicht kaum zum Leben. Dennoch war es falsch.*

Wie ein Wahnsinniger unterstrich er das letzte Wort immer und immer wieder. Dann beugte er sich über Dich, strich Dir übers Haar und küsste Deine Stirn. Hinrich nahm den Block. Keine Sekunde später sprang der Mann auf Hinrich zu, ich hatte entsetzliche Angst, daß er ihm etwas antun könnte. Doch er riss ihm nur den

Block aus der Hand und rannte aus dem Haus. Wir haben nie wieder von ihm gehört.

Aus der Zeitung erfuhren wir bald mehr.

Du hattest lange Zeit Albträume, schriest im Schlaf, sprachst vom Dachboden, den Kindern, besonders Jonathan erwähntest Du oft, und eine böse Frau.

Nun kennst Du die Wahrheit. Ich überlasse es Dir, ob Du es Siegfried erzählen willst. Du bist für mich wie eine Tochter, so wie Siegfried mein Sohn ist. Ich hoffe, Du kannst mir vergeben und denkst von Zeit zu Zeit mit einem Lächeln an

Deine Dich liebende

Mutti (Mai 1984)

Kapitel V

---

11. April 2013

Nachtgebet

»Jonathan«, flüstert Magda und blickt zum Nachthimmel, auf einen sanften Sichelmond, der ihre Veranda dürftig erhellt.

»Lange Zeit glaubte ich, nur geträumt zu haben. Doch als ich Muttis Brief las, wusste ich, alles war wahr. Gesine, Gerda, Immi, Hedwig, Ludwig, Wolfi, Fritzchen, Oskar. Der Dachboden, auf den sie uns wegsperrten, zwischen all das Gerümpel. Nur nachts, wenn die Vorhänge zugezogen, Jalousien unten waren, durften wir ins Haus, aber nie in den Garten. Ich vergaß, wie frische Luft riecht. Manchmal spielten sie mit uns. Mensch-ärgere-dich-nicht, Mikado und es gab Zitronenlimonade. Du, Jonathan, brachtest uns oft Essen, hast Grimassen geschnitten, den Kasper gespielt, damit wir lachen sollten.«

Sie lächelt mit bitterem Zug. »Nachdem Oskar nicht mehr aufgewacht war, brachtest du uns Spielsachen, Holzbauklötze, Puppen, Plätzchen. Heute weiß ich, es waren Galgengeschenke. Sicherlich hatten sie dich geschickt. Dann kam Frau Pfeiffer. Ich nannte sie böse Frau, weil sie selten freundlich war, uns sogar schlug. Sie gab uns Kakao, in ihrer Gegenwart mussten wir alles austrinken. Schmeckte scheußlich. Danach schlief ich ein. Später erwachte ich in einem fremden Haus.«

Mit beiden Händen wischt sie über ihr Gesicht. »Ja, Mutti, ich verzeihe dir. Anfangs war ich zornig, du hast nicht einmal versucht, meine wahren Eltern zu finden. Aber heute weiß ich, das Schicksal geht eigene Wege. Wäre ich nicht hier geblieben, wer hätte heute Charleens Traum deuten können? Wie viele Menschen wären tot und ich hätte nichts davon gewusst?«

Als wränge sie ein Taschentuch, knetet sie ihre Hände. »Charleen. Tapferes Mädchen. Doch wie kamen diese Träume zu dir? Hast du gespürt, was an diesem Ort Schreckliches geschehen war, bevor das hohe Haus«, sie lacht leise und bekümmert, »erbaut wurde? Kinder haben oft feine Antennen, leider verlieren sie diese Gabe, sobald sie älter werden. Wurden wir Kinder in deiner Fantasie zu Mäuschen?«

Tief saugt Magda Luft. »Bist du die Butler-Ratte, Jonathan? Fand dein Geist keine Ruhe, weil du die Pfeiffers nicht angezeigt, dich am Tod der Kinder mitschuldig gemacht hast?«

Aufkommender Wind zerzaust ihre offenen Haare. »Doch, Jonathan, so sehe ich es. Ich weiß nicht, was dir widerfahren war, Krieg kann aus dem besten Menschen einen verrohten Bastard machen. Ich verstehe deine Furcht. Aber hast du dich nie gefragt, wie viel Angst, vor allem nachts, wir ausstehen mussten, auf diesem entsetzlichen Dachboden? Du warst der Einzige, der uns kannte. Kamen Leute ins Haus, klebte man uns Heftpflaster über den Mund. Du sahst unsere unverschlossenen Münder. Verzeih, Jonathan, ich mache dir Vorwürfe, obwohl ich weiß, wie dankbar ich dir sein muss, hast du doch letztlich den Mut aufgebracht, mich zu retten. Doch wie oft habe ich Gott gefragt, warum ausgerechnet ich überleben durfte? Ich war nicht besser als die anderen Kinder.«

Sie zupft an ihrem Kleid. »Ich wünsche dir Frieden, Jonathan«, wispert sie.

Siegfried tritt mit einer Tasse Tee auf die Terrasse.

»Na, Kusinchen, Selbstgespräche?«, fragt er schmunzelnd.

Magda lächelt zurück. »Ja und nein. Etwas lange Ungesagtes musste endlich ausgesprochen werden. Auch wenn ich nicht weiß, ob mir jemand zugehört hat.«

»Peter rief gerade an. Sein Boss hat ihm gratuliert. Aber«, er grient, »du wirst nicht in der Zeitung stehen. Wir haben einen anonymen Brief erfunden. Leider unauffindbar.«

»Das ist mir sehr recht.« Magda schnauft aus. »Sonst glauben die Leute noch, ich könnte in die Zukunft sehen.«

Siegfried wiegt den Kopf. »Schon komisch, damals Gas, heute Gas.«

»Vielleicht schrieb Gott ein Kapitel neu.«

»Apropos Zukunft – was hast du morgen vor?«

»Ganz normal weiterleben. In die Kita gehen.«

»Märchenstunde?«

»Die Kinder konnten doch heute ihre Geschichte nicht hören. Aber«, sie hebt ihr Kinn, »eine Sage werde ich nie wieder vorlesen - den Rattenfänger von Hameln.«

…

Tipp: Der Stammbaum der Familie Silberstein könnte erklären, warum Charleen diese seltsamen Träume empfing …

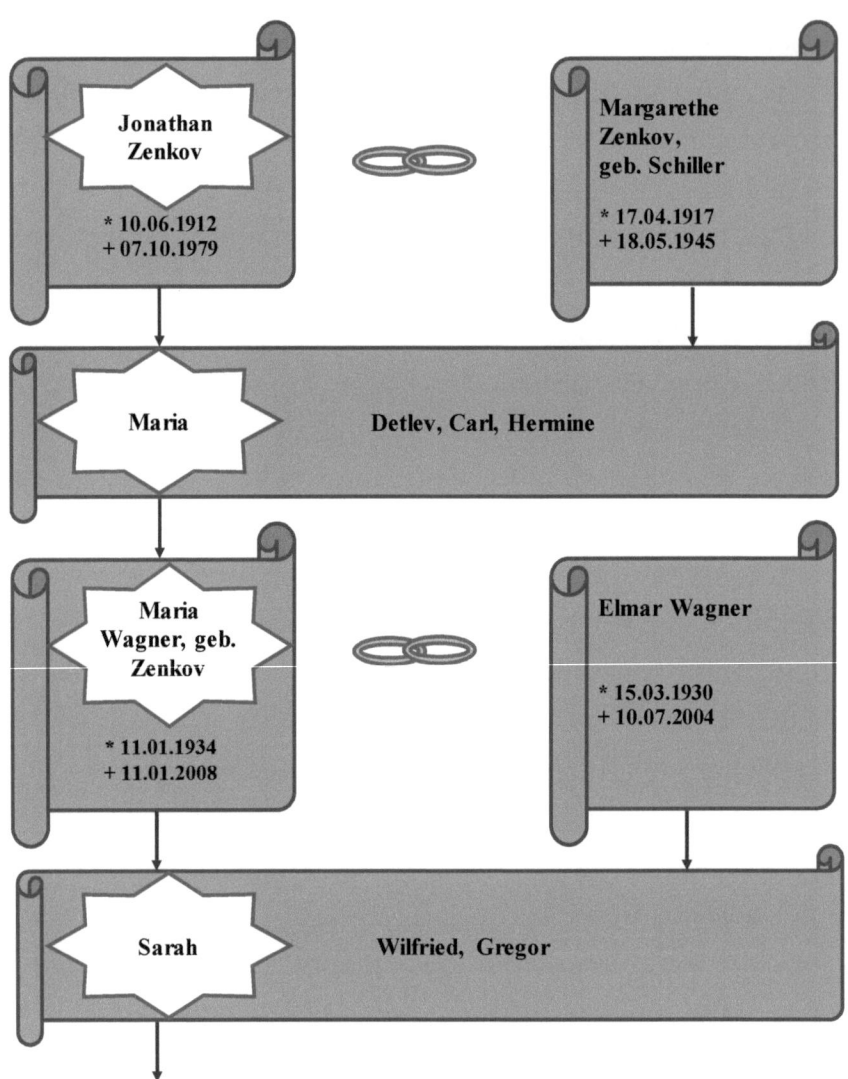

Jonathan
Zenkov

* 10.06.1912
+ 07.10.1979

Margarethe
Zenkov,
geb. Schiller

* 17.04.1917
+ 18.05.1945

Maria   Detlev, Carl, Hermine

Maria
Wagner, geb.
Zenkov

* 11.01.1934
+ 11.01.2008

Elmar Wagner

* 15.03.1930
+ 10.07.2004

Sarah   Wilfried, Gregor

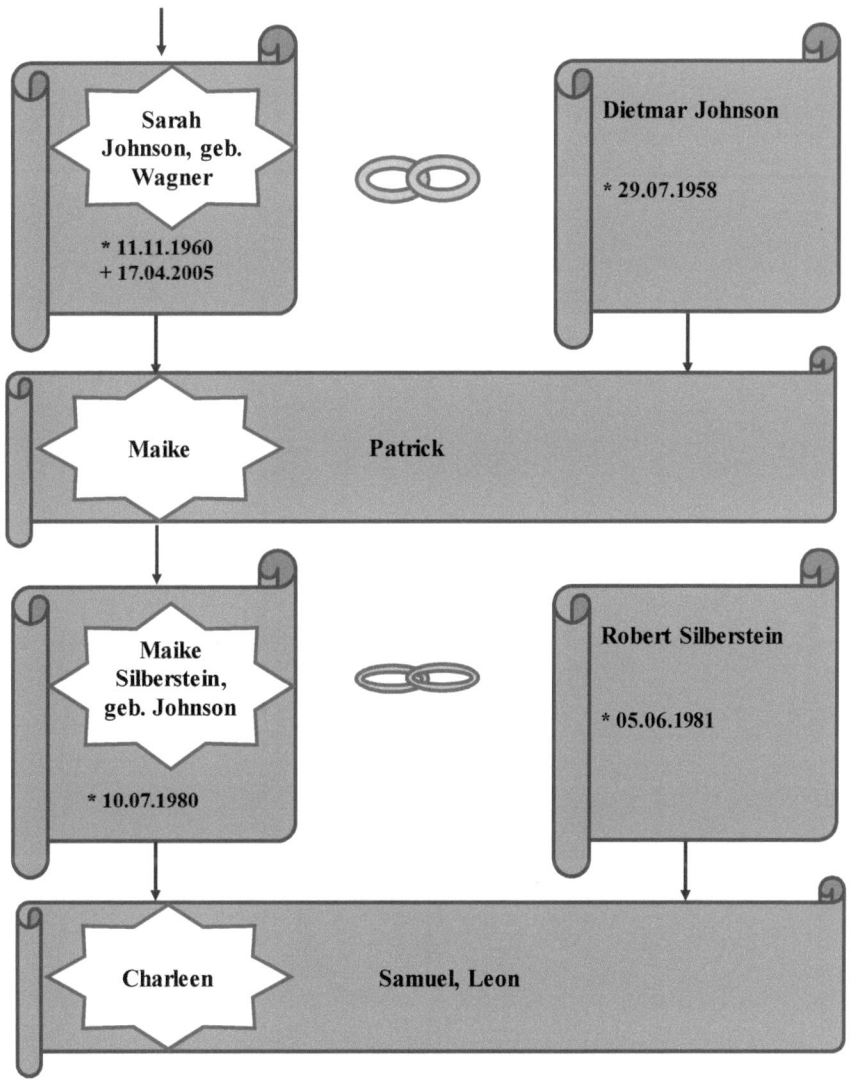

Sarah
Johnson, geb.
Wagner

* 11.11.1960
+ 17.04.2005

Dietmar Johnson

* 29.07.1958

Maike   Patrick

Maike
Silberstein,
geb. Johnson

* 10.07.1980

Robert Silberstein

* 05.06.1981

Charleen   Samuel, Leon

Eine Veränderung

bewirkt stets

eine weitere Veränderung.

(Niccoló Machiavelli)